明日も
生きる
あなたへ

naomi

幻冬舎MC

明日も生きるあなたへ

プロローグ

人は生まれ、必ず死を迎える日が来ます。

病死かもしれない。
事故かもしれない。
天災による災害死かもしれない。
もちろん寿命を全うして老衰で亡くなるかもしれない。
死はいつだって想定外の日にやってきます。

しかし、誰しもがこの世に生まれたからには、いつかはその日を迎えることは唯一絶対と言える事実。

今を生きることを強く意識しなければ、人生はあっという間に終わりを迎えることになるでしょう。


当たり前の日常が突如奪われる可能性は今、目の前にあるかもしれません。

大切なあの人があの世へ旅立つのは明日かもしれません。

あなた自身があの世へ旅立つのは、来週かもしれません。


だからこそ後悔しない人生を送るために、今本当にやりたいことにチャレンジしてみることです。

その勇気を意識的に日常的に持つ勇気。

人生の満足度はどれだけチャレンジをしたかで決まるとも言われています。

「傷つくのが怖いから」「メンタルが弱いから」「あなたみたいにそんなに強い人間ではないもの」と言い訳が簡単に並べられる人は自分を内側に閉じ込め、自分イジメをしていることに気が付いてください。本当の素直な気持ちに寄り添い精一杯生きる勇気を持ってください。

時には、生きていることが辛く、この世の中から消え去りたいと思う日もあるかもしれません。そんな日こそ、この本を読んでください。

何気なく続く日常の中でふと立ち止まることも、長い人生の中では何度も訪れます。

日常的に自分が取り組みたい、挑戦してみたいことはどんどん公言していくことをお勧めします。

そして、行動を起こすべきチャンス到来の時には迷わずに挑戦してみることです。どうせ私なんて無理だから。そう思った瞬間に「無理」と「できない」が確定してしまいます。

では輝かしく生きている人は、恵まれた家庭環境だったからなのでしょうか？ ただ運がよかったからだけなのでしょうか？ それは違うとはっきりと言い切れます。

東京・目黒区に生まれ幼少期は比較的裕福な家庭に育ちました。
しかし、父が亡くなり間もなくバブル崩壊とともに生活は苦しくなりました。
父から引き継いだ自営業を母親が切り盛りするも、資金繰りが回らなくなり借金の取り立ての電話や玄関先でドアを叩く音も何度も聞きました。それでも母は見栄を捨てきれずに家賃の高い恵比寿の家に暮らすことを選び続けました。

バブルが崩壊をしても親子で豊かな暮らしをしているフリをしていました。やがて社会人になり新しい服を買えば、新しいコスメを買えば、新しい場所で働けば、新しい土地で暮らせば、すべてがリセットできると思っていました。結婚をすればすべての幸せを手に入れられると思っていました。しかし、心から満たされる日々は訪れませんでした。

愛すべき我が子は発達障がいを患い、周囲から孤立する経験もしました。

どれだけ涙を流したことでしょう。生きていることが苦しく、自分こそが早く天に召されるべき人間なのではないのだろうか？　命を投げ捨てたくなったことは数えきれないほどあります。

ある時、生まれた日から今日までがすべてつながり、今があるということに気が付きました。

物事を見る視点を変えれば物事の見え方が変わる。どんなに辛い状況であっても良い側面を見ることで今より良い人生に方向へとシフトする。今まさに良い方向へとシフトしている最中の私です。

どんなにどん底にいても、物事を見る視点を変えることは、生きている限りいつからでもできる選択と行動。どんなことでもやりたいと思い行動が伴えば実現するし、できないと決めつけて制限をかけて行動をしなければ実現は不可能な結果になります。当たり前のことです。

そのエネルギーを生み出すためにも物事の側面の明るい部分に視点を移し、そのことにより行動に勢いが増します。

そんな視点を持つことにより、自分という存在は生きているだけで価値があるということに気が付きました。

心から満たされる生き方、なりたい自分に、いつからでもなれるということ。そのことに気が付き、変わる勇気を持ち始めました。

「行動は一歩前に積極的に、視点は一歩下がって広い視野で」

常に意識している言葉の一つです。

生まれた家庭がその時に裕福でも幸せになれるとは限らない。

東京に生まれ育つことがすべての幸せには、つながらない。

発達障がい児を育てる中で見失った自分自身と自己否定。

両親を見送る経験をしたことで、自分の死が近づいてきていることを思い知り
本当に心から幸せになると決めて人生を追求し始めた40歳過ぎからの日々。
誰からも愛されていないと勘違いをしていた半生。
自分が自分を幸せにするために歩み始めると決めて、母子で福島県浜通り地域へ移住。

実は苦しい経験をした人ほど、なりたい自分になれるのです。
なりたい自分になるためには少しの学びと努力も必要です。

何より必要な自己肯定感。これが低いと叶うはずの自己実現も叶わない。
未来は自分で創るもの。自分を幸せにできるのも自分しかいない。

どんな時も、この本があなたの日々を生きる活力としてのパートナーになれると信じています。

目次

第1章

昭和時代、平成時代の思い出

日本が高度経済成長をとげた昭和40年代後半。

外壁は海外のようなデザインの白亜の佇まいが特徴的な人気のマンション。

国鉄恵比寿駅と営団地下鉄恵比寿駅の両方が最寄り駅で、もしそのマンションに住めれば勤務地の東京駅に出やすい。アクセスも魅力的なマンションの一室に暮らし始めた一組の夫婦。それが私の両親です。


快適な暮らし。幸せな夫婦生活。しかし、なかなか子宝に恵まれずに子育てを諦めかけていました。

ある日、母は今までに経験をしたことのない腹痛に襲われます。救急車は目黒区内の大きな病院へ向かいました。

ドクターが診察をすると、

「あぁ胆石があるようですね。これは取ったほうがいい。手術の日程入れましょう」

と告げられ、

「確かにこの数日、胃腸がとても痛くて。市販薬の痛み止めを飲むと少し楽になっていたのはそれが原因だったのね」

と数日の不調に納得。ベッドに横たわり、手術に必要な検査を進めるその時
「いや、待ってください！　お腹に赤ちゃんがいます！　手術は延期です。できません！」ドクターが叫び、その言葉に驚きとうれしさとさまざまな感情を抱いた母のお腹にいたのが私です。


誰しも同じことが言えるのは、この世に生を受けること、生まれることを当たり前と思ってはいけないのです。

私が無事にこの世に生まれてくることができた昭和50年代前半。当時はオイルショック後ということもあり、紙おむつは貴重品でした。それでもすでに三種の神器である「冷蔵庫」「洗濯機」「テレビ」は各家庭にほぼあったけれど、電話はファックスも留守番電話もない黒電話の時代。着信音は今のような電子音ではなく、ジリジリジリ！　とけたたましいベルの音を鳴らしたて、庭にいようが少し離れた場所でもその着信音に驚き慌てて電話にかけより、電話を受け取るそんな時代を過ごしてきました。

エアコンもクーラーもない時代で、夏は扇風機にあたりながらかき氷を食べて風鈴の音にしばしの癒しを感じながら夕暮れは打ち水をして涼を求め、虫網と虫かごを持って走り回り、木陰で秘密基地ごっこもしました。

「お母さんと喧嘩したら家出をして、ここで過ごせるようにオヤツも隠して置いておこうよ」などと、本気で一日暮らせる秘密基地を小学校2年生の頃に作ったのも今では遠い思い出。

その場所は友達の家の裏庭でした。


冬はガスストーブの上でお餅や干し芋を焼いて食べるのが幸せでした。

今のような便利家電はなくても家族が一つの部屋に集まり、団らんをしていたあの時代、今のような核家族化が少しずつ進むも、母親は家庭にいる家もまだまだ多く、今のように子どもの孤食や孤立からは縁遠い最後の時代だったと思います。


モノがない時代だったので、そこにあるものを利用して遊びに興じました。遊びも常に創意工夫の連続でした。ズボンに通すゴム紐を親から少し分けてもらい、女子はゴム段遊びも流行りました。

大縄を回すように、ゴムを2人でピンと張り、さまざまな高さに合わせたところで、飛び手が飛ぶ。

走り高跳びのゴムバージョンというのがイメージとして近いでしょうか？　缶ジュースの空き缶を見つければ缶蹴りをしたり、使えるモノが見つからなければ「色鬼」や、「だるまさんが転んだ」で遊んだり、とにかく夕暮れの5時の鐘が鳴るまで遊びに全力を注いでいました。

中学生の頃になると電車で中目黒から渋谷に出かけることもありました。ショッピングや映画を見に行く時、塾通いも渋谷まで出ていました。友達と駅で待ち合わせをして約束の時間に相手が来なければ駅の改札前の伝言板に「先に行っているね」のメッセージを書き残して先に目的地へ向かいました。今のようにいつでも誰とでも連絡が取れないことが当たり前で、その分他者からの束縛も少なかったようにも思います。

今でこそおしゃれで、デートスポットで週末を中心に買い物客などが多く乗降する東急東横線代官山駅はホームの長さの都合上、トンネル内に一部車両が停車するために、その一部車両からは乗り降りできない不便な駅の時代がありました。すごく不便も感じましたが鉄道大好きな私としてはその不便な事実よりも一部車両がトンネルの中から出られずに駅に到着するその滑稽な姿がとてもワクワクする光景でした。

今の代官山駅を知る人には想像できないほどの不便な駅でした。もちろん駅前にも何もありませんでした。

昭和50年代、両親と買い物で利用をしていたのは、自宅から一番近い恵比寿駅前商店街。今のように専門店を多数連ねて経営するモールやアウトレットなどない時代でした。

当時は恵比寿駅前商店街にはおもちゃ屋さん、ケーキ屋さん、薬屋さんもありました。昔はドラッグストアが存在していなかったので、薬は薬局で、生活用品はスーパーマーケットで購入することが通常で、まとめてどこか1カ所で購入するということはない時代でした。

カメラ屋さんにはカメラのネガとなるフイルムの現像を出しによく行きました。当時はフイルムカメラの時代で、私の幼稚園時代に父母会でアルバム係になったことをきっかけに、子どもたちの写真を撮り、卒業アルバムを作る担当になった母は写真撮影に開眼してしまい、現像を出しにこのカメラ屋さんをよく利用していました。

今でこそデジタルカメラが主流で一眼レフも素人が簡単に操作できる時代。デジタルを駆使して少しのカメラセンスさえ身に付ければ写真学校へ通わなくても魅力的な写真を撮影できる人はたくさんいます。近年ではカメラ屋さんと言っても子供の百日祝い、七五三の個人の記念写真を撮影する写真スタジオ併設のカメラ屋さんが主流になりましたが、最近アナログ写真を見返したのですが、色も褪せてしまい、状態としては良いとは決して言えないけれどそこに感じる懐かしさ、味わい、香りもがその写真から漂ってくるように感じ、なんとも言えないノスタルジーが味わえるアナログ写真がもう一度注目されているという話も聞きます。

誰しもが経験してきた心に残る思い出アルバムは、生涯消えることなく残ることでしょう。

焼き鳥屋ではウナギも日常的に販売していました。店の外にウナギを焼く香ばしい香りが商店街を包んでいました。

靴屋さんも今のように大型の靴屋さんがない時代。学校で遊び放課後にも遊び回る私の運動靴は3カ月に1度程度は靴底も擦れてしまい、しょっちゅう靴屋さんで靴を買ってもらっていました。

笑い話ですが、ある時とてもデザインが可愛い靴が500円で販売されていました。店主がいうには「紙でできた靴」だと言います。試着させてもらうと足にフィットをして履き心地も違和感なし。「これにする」と母にねだり、母も値段の安さで快諾。友達に早速、「紙でできた靴」のことを話すと大笑いをされ「雨の日に履いたら溶けてなくなるよ！」と。まさに通り、雨の日に履いたらつま先から溶けて歩行不能になりました。そんな靴今の時代ではお目にかかれること絶対にないと思いますが。

本屋さんは母に連れられて行きましたが昔は本が大嫌いで楽しくない場所でした。

「漫画なんか読むな！　活字を読め！」

とばかり両親から言われていたことが嫌いになった理由です。

本当は少女漫画の月間雑誌が読みたくて欲しかったけれど、漫画を読むことが禁止だったので、早く大人になって好きな本を買えるようになりたいなと思っていました。もっと言えば漫画も読みたかったし「読者全員プレゼント」に応募したかったのが切ない思い出として今も心に残っています。

レコードショップの存在も懐かしい思い出です。今のようにオンラインストアや大型音楽ショップもない時代、店内には独特の香りが漂っていました。まだレコードが主流時代のショップゆえにレコードを包む表紙の紙の臭いと店長が吸うタバコの臭いが融合された特有の臭い。店長も音楽を愛して生きているようなそんな雰囲気の近寄りにくい若手の男性でした。いつもは欲しい商品をカウンターに出し、お金を授受しあうだけの関係。言葉を交わす必要もなかったある日、試練が訪れました。店長と言葉を交わさなくてはいけない日がとうとう来ました。それは人気歌手の１stアルバムをどうしても予約・購入したくて。初回予約購入特典あり！　に背中を押されました。

「アルバムを購入したいのですが」

と、蚊の鳴くような声で店長に伝えました。記入用紙を出されて連絡先と名前を書いて提出をして終わるのかと思えば、

「今回のジャケットね、４種類あるけど、どれにする？」

（へっ⁉　４種類⁉　今、選ぶの？）

心の中では汗ビッショリ状態。想定外の質問にドキドキ。

今のようにインターネットがなかったので、その情報までは入手できていなかった。

不安を感じながら早くレコード店の外に出たいけれど、ジャケット写真デザイ

ンを選ばなければいけない。あたふたしている姿を見た店長は「結構、これが人気あるよ」と助け船を出してくれる優しさに救われ無事予約完了。受け取りの日は心待ちにしていた商品を購入できるうれしさとお店へのかすかな愛着が湧き始め、心軽やかに安心した気持ちで入店するとこの日も店長は優しい笑顔で商品を渡してくれました。

恵比寿駅近くにはこの商店街とは異なる市場が存在していました。

その市場には駅前商店街とは違う個人商店が立ち並び市場へは父親とよく出かけました。父は魚屋と花屋の店主と知り合いのようで、この2軒にはいつも一緒に行きました。花屋には父の両親の仏花を買いに、魚屋へは鮭の頭をいつも買いに出かけていました。その市場の出口にあるのが駄菓子屋。私の一番の楽しみはこの駄菓子屋でお菓子を買ってもらうこと。

あの頃は恵比寿、代官山、中目黒に駄菓子屋が多数点在していました。

今では駄菓子はスーパーマーケットやコンビニエンスストアでも買えるけれど、あの頃は駄菓子屋にしかない安くておいしい駄菓子を買うこと食べることが私には幸せなことで、今であればおしゃれなカフェ巡りをするような感覚でしょう。

お金のかからない楽しみ、趣味の一つでした。

飲食店に出かけることは少なかったけれど、いつも恵比寿のお蕎麦屋さんには連れて行かれていました。当時はお蕎麦が苦手で、しかもお昼時は相席が当たり前のお店。小学生の私は自意識過剰すぎる子どもで、知らない人と一緒のテーブルで食事をするなんて周りからどんな目で見られているのだろうと思うとますます食が細くなるばかり。しかし大人になってお蕎麦が好きになることで、あのお蕎麦屋さんを懐かしく思うことが増えました。

当時の恵比寿には2軒の銭湯がありました。家にもお風呂はあるのに風呂好きの父に連れられてよく銭湯に行きました。が私が連れられて入るのは男風呂。まだ幼少期とはいえ今なら一定の年齢からは性別ごとにお風呂は入浴するように条例でも決まっていますが、私は小学5年生まで女風呂に入ったことがない人生を歩みました。

銭湯の石鹸の香りが大好きでした。お風呂上がりのビン牛乳は買ってもらえませんでした。

時代は流れ恵比寿ガーデンプレイスがオープンをして眠らない街に少しずつ様変わりをしていきました。あの場所はその昔は臨時列車の乗降のための駅舎でした。その駅舎が廃業になり、使われなくなった列車を改造してトレインレストランが開業をしたのがまだ幼稚園時代。まだ新幹線にもビュッフェがあった時代で、車内にレストランがある時代でした。が、我が家は外食が基本許されない家庭で、新幹線のビュッフェを利用したこともなく、恵比寿のこのトレインレストランに多大なる憧れを抱いていました。恵比寿地区の再開発が決まりガーデンプレイス建設が決まり、区画整理が決まることで土地をすべて更地にする建築計画が発表されると同時にトレインレストランが閉店することが決まりました。それをきっかけに1度、母親と食事に行くことになりました。

日に日に恵比寿の街が様変わりしていく寂しさは幼少時代でありながら胸を締め付けられる思いでその工事風景を見ながら過ごしました。

大好きだった駄菓子屋さんも、行きつけだった魚市場も気が付けば閉店していました。

おしゃれな街へと変わり、建設が完了して開業したガーデンプレイス敷地内に大型CD・ビデオレンタル店ができたことで、私もあのレコード屋さんからレンタルショップへと足の向く先は変わりました。

24時間利用できるコンビニエンスストアも登場しました。近所に最初にできた「セブンイレブン」は7時~23時（夜の11時）まで営業するというのは画期的なことでした。そして深夜にも勤務する人が増え始めてくるそんな時代の到来です。バブル絶頂期には今では労働基準法に抵触する長時間労働は当たり前の時代でした。

週休2日制度の「ゆとり時代」の少し前の時代の話。

土曜日は4時間授業で学校に行き、給食なしで帰れるので大好きでした。12時30分頃に帰宅しては家で母親の作ったお昼ご飯を食べながらテレビを見て、ご飯を食べ終われば、近所の友達と遊ぶ。

「土曜日は、半ドンだから嬉しいよね」

それが当時の会話でした。

ファミコンが裕福な家庭中心に普及するようになり、外遊び半分、ファミコンを持っている子の家でファミコン遊び半分、そんな時代になり始めました。「スーパーマリオブラザーズ」は画期的ゲームで私も欲しかったのですが、私の家ではファミコンは「勉強しなくなるから買わない！」の一点張りでファミコンは買ってもらえずに、いつも友達の家で友達のプレーを見るのが習慣になり、それはそれで楽しい時間でした。

世の中は次々と新しい家電商品が登場するようになります。

家電量販店には最新機能搭載の家電製品……眩しいほどのライトがそれら商品を照らし、私たち顧客を魅了しました。家電を購入するなら秋葉原。電気街にはよく母と行きました。

黒電話から留守番付き電話が普及し始めていた時期、早速購入。テレビ番組を録画できる⁉ 画期的な家電製品に心動かされ、秋葉原電気街へ向かいこちらも購入しました。

CDから空のカセットテープに音楽を録音して聞くことができる機械登場！ CDダブルラジカセ⁉ 購入しよう‼

自宅のコンセントがいくつあっても足りなくなりました。家電製品が家庭生活を便利にそして潤いを与えてくれました。

便利な家電製品を取り入れていることこそが、豊かで幸せな家庭だと親子で信じていました。

誰に見せることもない自宅なのに見栄を張ることに幸せを求めていたように思います。

高度成長期からオイルショックを経験した我が国日本はエネルギー安定供給政策が打ち出され原子力発電に期待が高まりますが、「オイルショックというのは、ものすごいショックだった」母はずっと言っていました。

トイレットペーパーが無くなる恐怖から店頭に商品を求めて行列する市民の映像を「懐かしの昭和時代」で見たことがありますが、母に関しては平成になっても令和になってもオイルショックの恐怖から抜け出せず、いつもトイレットペーパーは自宅に山のようにストックしていました。過去の経験をずっと引きずっていました。

不安というのは身を守るために必要なセンサーとは言いますが、もし地震が来たらお手洗いの個室でトイレットペーパーの雪崩の被害にあうだろうなと思いました。生き埋めになると笑い話ではなく、安易に想像できるほどの量が積まれていました。

後に遺品整理と家財整理を私一人でこなすことになるのですが、母は執着の塊を抱えて生きていたように思います。いつかこれを使うだろう（でも今は使わない）が一つや二つではなく、足の踏み場もないほどに家の中を埋め尽くしていました。日常生活がいらないものに占領されるということは思考も不要物に占領されていることになっていることに母は最後まで気が付かなかったように思います。見栄についても同じことが言えるように思います。

その思考癖は郵政民営化をして東京中央郵便局の局員の人事や局内の食堂営業に大きな影響を与え始めた時も、営業終了を勧告されても売り上げが下がっても消費者金融からお金を借りてまでお店を守ろうとしたこと、母の気持ちもわかるのですが、父と30年以上、その場所で営業をしてきたそのことはとても尊敬できるのですが撤退要請をされ、結果母は自己破産をしました。

話の時代は少し戻り昭和60年の頃。数年前から入退院を繰り返していた父。母親が自営業を切り盛りしつつ、私は鍵っ子になり平日は塾通いと習い事中心の生活に変わり始めていました。

周りの友達も中学進学に向けて塾通いを始めているようで、放課後の少しの時間は校庭で走り回り遊ぶ時間はあるものの、外遊びをする時間が少し減り始めていった時期でした。

父親は入院を拒み自宅療養、寝たきり状態になりました。

私は塾へ通うようになり他校の友達も増え外の世界が楽しくなり、まさか父がそれほど早くに亡くなるとは思わずに毎日楽しく、日々は流れていきました。

日に日に自己呼吸が難しくなり自宅に酸素吸入器が導入されると電気代が大幅に上がる事態に陥りました。酸素吸入量を上げるとブレーカーが落ちることもよく発生するようになりました。最初は落ちたブレーカーを上げる作業が怖かった私もレバーを上げれば通電する仕組みを不思議に思いながら身体介助など父の介護を手伝いました。

学校から帰宅すると、数件お隣の奥さんから、

「おとうさん、救急車で運ばれたわよ！」

と伝えられました。

もう3回目の入院。あの病院のあのフロア。すべてを知ったつもりで父の入院

する病室へ行くと、廊下の突き当りの一番奥の一人部屋。入口には非常階段を示す緑色のネオンが病室入口を照らし嫌な予感がするも、病室のドアを開けると思いのほか父は元気で、

「おう、よく来たな！　塾の帰りか？」

と優しい笑顔で迎えてくれました。

それからは塾が終わるとそのまま電車で片道30分程度かかる病院へお見舞いに行くようになりました。夜の緊急出入口を抜け病院の中へ。暗く静まる院内も父親に会える嬉しさが勝っていて怖いとは思いませんでした。

「おう、よく来たな！　夜ご飯まだ食べてないだろう。俺の夜ご飯食え」

と病院食をまったく口にしていない状態で私に差し出してくれる父。

育ち盛り。何も考えていない幼い私。遠慮なくいただき、お腹を満たし、仕事

帰りに病室へ立ち寄る母が来るまで父親との時間を歓談して過ごしました。

夜は肌寒く、

「おう、靴脱いで足をこの布団の中に入れたらどうだ」

とベッドの足元に私の足を入れるとなんだか自宅に一緒にいるような安心感と安らぎ。

そして母が仕事を終え、病室に来て「じゃぁ、また明日来るね～」とお互いが笑顔で手を振りあい、その日は3度「またね～」と振り返り別れました。

翌日、学校から帰ると普段泣くことのない母が泣いていました。

「さっき病院から電話があって、お父さん昏睡状態になっているって。だから今日はお見舞いには行かないで」

と母からお見舞いを止められました。

塾が終わり恵比寿駅の前を通った時、いつもなら電車に乗り病院へ向かうために地下鉄の階段を駆け下りるのですが今日は足が止まります。

「行きたい。でも、ダメだと言われている……」

そのまま自宅へ帰りました。

「もしもし、これから病院に来られる?」

夜の20時前。自宅に母親からの電話。

「どうしたの?　お父さんに何かあったの?」

「うん?　大丈夫よ。暗いから慌てないで来て大丈夫だから。病院で待っているわね。気を付けてね」

少しの不吉な予感もよぎりながら、急いで病院へ向かいます。地下鉄に乗り込み病院の最寄り駅から病院へ行く途中にある100メートルもないトンネルのオレンジ色のネオンが今夜は不吉な予感を助長させます。

「急ごう、走ろう」

とゆっくり走り出し、夜間救急入口をいつものように通り抜け、エレベーターで父が入院しているフロアまで向かい、ナースステーションの前を通り、角を曲がった瞬間足が止まりました。

廊下突き当りの非常階段を示す緑のネオンが大きな医療器具と、泣いている母親を照らしています。

歩みを進め、ゆっくりと母親のもとへ行くと、

「亡くなったの。ごめんね」

死亡時刻を聞くと到着3分前。あのトンネルを走り切り、病院まで全速力で走っていれば最後に会えたのに‼　お見舞いに来ればよかった！　後悔ばかりが繰り返し押し寄せました。

小学校６年生の時のことでした。

昭和が64年で終わったその年。元号が「平成」に移り変わり新しい時代の到来と世間は華やかな気持ちで過ごしていた平成元年５月に父は59歳という若さにして、人生に幕を下ろしました。

昭和４年生まれの父親は戦争を体験し、疎開も経験した一人でした。

終戦を知ったのは今のようにテレビやスマホではなくラジオの放送。モノのない時代。食料も配給制度で欲しいものは買えず、お腹いっぱいに食事を摂ることもできない時代。テレビも洗濯機も、今では各家庭に必ずある家電製品は一つもない時代。電話さえ、近所の電話回線が引かれている家まで行って通話ができるそんな時代。

だから、人と人とのコミュニケーションが密で、人間関係でうまくいかなくてもガマンをしながらやり過ごさなければ生活できなかった時代。

現代であれば、コミュニケーションはスマートフォンを介してのやり取り中心で、家にいながらも宅配サービスを使えば外出せずに食べ物も衣料品も購入できる便利な時代なのに、戦中、戦後時代よりも心が乾いている人々が現代多いように思うのは私だけでしょうか？

自ら命を絶つ人も年々、増加しています。ひと昔前、生きていたくても命を懸けた戦いに出なければならない時代がありました。医療も未発達で私のように命拾いできなかった命もたくさんありました。

父の兄は戦争に召集され戦死しました。生きていたくても国のために戦争に出なければいけない、今では考えられない時代がこの日本にもありました。

父は双子で生まれたそうですが、もう一人の赤ちゃんは医療も未発達で生まれてすぐに亡くなったそうです。

父は10人兄弟の下から2番目の子どもで、一番下の弟が両親からとても可愛がられていて、自分が両親に愛されていないと嘆いていました。昔は兄弟が多く、親の愛情を独占できない子どもたちはたくさんいましたが、それでも心は豊かに育っていたように思います。一方では戦後のモノのない時代で金銭的にも苦労に苦労を重ねて生きてきた世代の一人です。

父は幸いなことに出征することもなく、終戦後の高度成長期時代の波に乗り、さまざまな経営を展開し、金銭的には困ることはなく、比較的裕福な生活を送ることができた成功者の一人だと思います。

しかし、50代で病に倒れ、闘病生活は約10年。元気な父親の姿を知らずに育ちました。

心身共に健康であることが本当の幸せへの第一歩なのではないか、そう考えます。

そのためには、健康的に生活すること。体力づくり、栄養管理はもちろん、自分自身の心の管理もしっかりと行う。体重や身長、血液検査のように数値化されない心の状態は自分自身できちんと向き合わなければ、心が壊れた時は時すでに遅いことになってしまっているのです。

第2章

子育てから学ぶこと、学んだこと

「郵便局はあの頃忙しかった」

昔を懐かしみながら母は言います。

まだパソコンもスマートフォンもない時代、通信手段は電話か手紙でした。

当時は東京中央郵便局こそ日本のハブとなる郵便局であり、年末恒例の年賀はがき受付開始日は大物タレントやスポーツ選手など著名人が年賀はがき受付開始セレモニーイベントに招かれ、自身の年賀はがきをポストに投函する様子をテレビで見たことがある方もいると思いますが、そんな巨大郵便局の食堂で早朝から深夜まで両親は働いていました。

私が生まれ、両親それぞれが交代をしながら育児をするも母の実弟の義貴おじさんが北海道から育児サポートをしに短い期間ですが、東京に出てきてくれました。

当時はオイルショック後でもあり、紙おむつは本当に貴重で、在宅時は布おむつを利用。（私のことなのですが、私にはまったく記憶がありません）

「この布おむつの洗濯が大変でねぇ。でも義貴はオムツ交換も洗濯もよく手伝ってくれてね」

食べ歩きが大好きな叔父は折に触れて美味しい食事を楽しむために東京に来ていました。

そのたびに我が家へも立ち寄ってくれました。叔父と姪というよりは年齢の離れた兄妹か若い父親のように、いつも気づかい優しく接してくれました。

北海道から１週間の予定で上京していた「半ドン」の土曜日、「午後は一緒に横浜へ食事に行きませんか？」と叔父が誘ってくれたのですが当時は小６。叔父と２人で出かけるのがとても気恥ずかしく、叔父と二人で出かける姿を知り合いに見られたら……と思うだけで美味しい食事よりも自己保身を優先しました。その約束の日、学校からわざとゆっくりと帰宅をしました。帰宅すると叔父は一人横浜へ向かった後でした。年頃のせいだと言えばそれまでですが、申し訳なさも入り交ざるそんな思いを正直に誰にも話せるわけでもなく。

叔父は「また今度ごはん行きましょう！」と笑顔を見せて北海道へ帰っていきました。

こんな失礼な態度をとっても叔父の優しさは何も変わりません。中学生の頃は祖父母の暮らす北海道にお小遣い欲しさで出かければ、叔父は休暇を取りさまざまな観光地へ連れて行ってくれました。

高校生の頃になると学校や部活動も忙しくなり、祖父母のもとへ遊びに行くことはなくなりました。私が結婚して夫を紹介することになる23歳の頃、叔父はお祝いに駆けつけてくれました。いつも叔父は私を大切に思っていてくれたことを、こうして振り返ると胸が熱くなります。

月日は流れ、結婚をして5年目にして第一子となる娘を妊娠すると同時に私のお腹には子宮筋腫があることもわかり、無事に赤ちゃんが生まれるのか不安ばかりの妊婦時代は始まりました。

つわりもひどく、それまで勤務をしていた給食調理員の仕事も早々に退職をして、家に引きこもる日々でした。

元気な赤ちゃんさえ産めばよい、と周囲の初孫に期待の声を素直に受け止めすぎてしまい、ウツ状態にもなりました。社会から孤立した時期でした。
さらに妊娠６カ月で子宮筋腫の痛みが強すぎて生活困難になり入院することになりました。

入院をして数日目のある日。同じ病棟の別室から患者さんの悲痛な叫び声と怒りの声が廊下に響き渡り、病室で横になっている私の耳にもその声が届きました。その内容は入院中に流産してしまったことへの怒りを爆発させている患者さんの叫び声ということが次第にわかりました。

「先生がもっとちゃんと確認をしていればこんなことにならなかったのに‼」

私自身も同じ妊婦の身。赤ちゃんを授かれば後は生まれるだけだと思っていた私に冷や水をかけさせられるような、絶対に失敗を許されない医療現場の現実を見たような、複雑な気持ちになりました。そして自分のお腹に手を当て、無事に生まれてくることを願うことしかできませんでした。

そんな妊娠中の不安な出来事も乗り越え、無事に元気な女の子を出産しました。命を生み出すということは、誰もが経験できることでもありません。無事に生まれる保証もありません。

授かった命、生まれてきた命、この手で何としても守りたい。これから始まる子育てへの不安と期待と出産を終えたばかりの疲労に包まれながら、夜を迎えました。しかし、事態は急変しました。翌日からは母子同室で赤ちゃんと過ごせる予定だったのですが、深夜の看護師の巡回の懐中電灯の細く長い灯りが私のベッドサイドに入り、

「お休みのところごめんなさい。新生児室で預かっている赤ちゃんの体調が急変したので、これから小児科の先生のお話を聞いてもらっていいですか？」

と突然の呼び出し。

医師から話を聞くと、新生児室の何十人もいる赤ちゃんの中から、呼吸が少し苦しそうと見た娘の採血をして感染症が疑わしいと判断。早期治療の甲斐もあり、約2週間の入院治療で、すぐに退院。その後は風邪もほとんどひかない健康優良児として育ちました。

生きる人と亡くなる人の分かれ道があるのだとしたら、それは運命という名の分かれ道なのだと思います。しかし、どんな理由があったとしても自死は選んではいけない。強く思う出来事が訪れました。

どんな時も気丈にふるまい、弱音を吐くなら相手に文句を言うタイプの母親も、人生に行き詰まり死を選ぼうとした時期がありました。

経営に行き詰まり最後に消費者金融からお金を借りるようになり、返済ができずに苦しんだ時期。消費者金融に文句を言っても高金利の利率が下がるわけでもない。返済するために、また消費者金融でお金を借りる暮らしを私に内緒で繰り返していました。

この事実を知ったのは、娘が生まれ退院をして自宅で一緒に生活できるようになった生後1カ月過ぎの時期でした。その時期は母親も私の自宅で寝泊まりをして初めての子育てのお手伝いと称して初孫と少しでも過ごしたかったようで、約1カ月一緒に過ごしていました。

そんなある日に私が見た「夢」がきっかけでした。母がこっそりコンビニATMからお金を送金している、その送金先が闇金融であるという夢を見た時、母に「今日、こんな夢を見ちゃって~」と話すと、母の顔が硬直しました。そして数秒の無言の後に「実は……」と消費者金融からお金を借りて、利息を返すために別の高利貸しの消費者金融からお金を借りていることを正直に話してくれました。驚きました。ショックでした。お金を母に貸すということで消費者金融から離脱し解決したのですが、その後の落ち着いた時期に話してくれた内容があまりにも恐ろしく、そして悲しくなりました。

お金が回らなくなって、どんどん生活が苦しくなっていって、毎朝目が覚めた時に「今日も生きている……」と愕然としたそうです。最終的には自己破産手続きをすることで解決していきました。必ずどんな時でも解決策はあるのです。

今を生きているということは神様に生かされているのです。

今日も神様に、ご先祖様に生かされているという事実。日頃、何か特別な信仰をしていなくても自然と天を仰ぎ感謝の気持ちを伝えたい気持ちになったならば、その瞬間に感謝の気持ちをご先祖様に贈りたいものです。

時は流れ、娘も出生後すぐの急変が嘘のように、その後は病気をすることがほとんどなくスクスクと育ち幼稚園の年中になりました。

3月に入り、いよいよ卒業・入学シーズン到来となりまだ寒さの残る東京でも、日々の中に未来への期待と不安が入り交ざるそんな日々を過ごしていました。

その日も降園後の時間を友達と一緒に園庭で遊んでいました。

東京はその日は程よい暖かさと午前中は晴天で、日中の幼稚園活動は徒歩でのミニ遠足で近所の公園まで出かける保育活動の日であったこともあり、まだ幼稚園児。そして週末の金曜日。子供たちは少し疲れた様子でした。

昼過ぎから厚みを増した雲が広がり始め、激動の始まりを予感させるような鉛色の雲が園庭の少し向こう側に広がりを見せ始めました。

「空もなんだかへんな雲が出てきたしそろそろ帰ろうか？」

「そろそろ帰るよ～」

と子供たちと共に幼稚園を後にしました。幼稚園の門をそれまで一緒に遊んでいたメンバーとくぐり抜け、それぞれの自宅の方向へと散っていきました。

自宅が同じ方向の親子とその日も途中まで一緒に帰ってきました。交差点へ差し掛かると「今日はちょっとコンビニへ寄って帰るから、ここでバイバイね」と友人親子はコンビニに寄るとのことで、交差点で手を振って別れました。

その信号から約４００メートル先の自宅マンションのエントランスをくぐりエレベーターに乗り５階まで上がり、我が家に娘と部屋に入り「手洗ったらオヤツにしようね」と声をかけ、娘が洗面所へ手を洗いに行ったと思った数秒後……。

「ママ～電気が消えた‼」

「え⁉　電気消えた？」

と思った次の瞬間、とてつもない大きな揺れを感じました。地上デジタル化で買い替えた50インチの大型液晶テレビは大きく前後に揺れ、娘は私のもとへ駆け寄り、私は大型テレビを支えながら、娘の安全を守り幸いなことに家具の転倒やケガもなく揺れは数分後にはおさまりました。情報を得ようとテレビの電源を入れても何故かつきません。ベランダの外からは防災無線が流れています。とても大きな地震がきたこと、余震に注意してほしいこと、何度も何度も繰り返し流れていました。

部屋の電気もつきません。携帯電話を見ても何故か「圏外」の文字。当時は回線契約をしていた固定電話の受話器を上げても「ツー」という音が流れ回線が切れている状態とわかりました。

地震の影響で停電しているようでエレベーターも止まってしまっていること。電話回線も切れてしまっていること。ガスも止まっているけれど各家庭の玄関横にあるメーターの復旧ボタンを押せばガスは出る状況であること。情報がご近所さんとの会話から見えてきました。

ガラケーと言われる携帯電話の時代。その携帯電話も「圏外」になってしまい、情報は人から人への情報だけがすべてでした。

あの日、何よりも私の心の支えとなってくれたのは「ラジオ」でした。

東北地方で大きな地震と津波が押し寄せてきている、都内の交通は運転を中止しているという情報は入手できました。

現状が少しだけわかり、日暮れを迎える前に懐中電灯を用意し、停電により炊飯器も稼働できない状況から、キッチンにあった食パンを娘とかじり、ベランダから差し込む今日最後の明かりである夕日と懐中電灯を頼りに生活をしました。

鉄道各社は運転を見合わせ帰宅困難者が街中をぞろぞろと歩く映像は不思議な

光景として数日後にテレビで見ました。
停電が復旧をしてテレビをつければ宮城県地方の津波被害の映像に言葉を失いました。海に漂う無数の家。車。木材。何が起きたのか？　火の海となっている地域の映像。これから日本はどうなるのだろうか？　追い打ちをかけるように福島第一原子力発電所の水素爆発による放射能の放出。原子力災害。福島県の人たちが大型バスに乗り込み避難をする様子がテレビに映し出されていて、目に見えない放射能の怖さというものを初めて身近に感じた時でした。

２０１１年3月11日14時46分。三陸沖を震源地にマグニチュード９・０の巨大地震は地震後の大津波によっても大きな被害が生じました。

東日本大震災後、主に宮城県に支援活動に出向くようになりました。活動を通してたくさんの方とお話をさせていただきました。

家族、友人、同僚、仲間……大切な人たちを震災で亡くされ、家すらも津波で流され仮設住宅で暮らす皆さんに悲壮感は全くなく、むしろ「東京からわざわざありがとう！」と逆に地元野菜を使った手作りの漬物などを用意してくれて、取り留めない話もしつつも、

「私の義母がね、津波で玄関のドアに挟まれてね。私、助けてあげられなかったの。もう津波がすごくて。私は２階に逃げて助かったけれど。すごく嫌なお義母さんだったけど、やっぱり助けられなくて申し訳なくて」

「自分の家（一軒家）が海に流されていくその様子をただ茫然と見るしかできなかった」

「過去の賞状もトロフィーも全部津波に流されちゃったよ。まぁ命だけは残ったけどね」

とポツリとあの日のことを話してくださる場面に遭遇すると言葉を失いました。

元気づけようと伺ったにも関わらず、私のほうが元気をいただくばかりで、生きていることの意味や意義について帰りの新幹線では深く考えることが多くありました。

津波に飲み込まれ、行方不明の家族、友人、仲間を今日も帰ってくると信じて海を見つめる被災地の方々。

命とは何だろう。生きるとは何だろう。ある日、突然、別れを迎えるという事実。

それは私たちが生まれたその瞬間から背負った宿命。

明日、大切な人と永遠の別れを果たすことになったとしても、後悔のない余生を送るために一瞬、一瞬を大切に丁寧に生きていくことが今を生きる人間の宿命でもあると思います。

日本人に限らず世界中の全ての人に「今を生きていられるその幸運」を当たり前ではなく生かされていると知ってもらうことができれば、世界紛争もなくなると思います。

この世に生を受けた人は全員、志の高い人だと確信しています。

妊娠中の母親学級。助産師さんの講話で「出産時に苦しいのは母親だけではない」ということを知りました。赤ちゃん自身も「外に出たい！　お母さんと会いたい！」その一心で真っ暗な先の見えない産道を生まれることをただ信じて進むらしいのです。もちろんさまざまな理由で帝王切開になっても、赤ちゃんは誰よりも「生きていたい！」という思いは強く持っていると知りました。

今を生きる私たち全員が逆境力は持ち合わせているのです。東日本大震災もそうです。世界的に数十年単位で起こるパンデミック。ＳＡＲＳや新型コロナウイルス感染症。日本に目を向ければ各地において数年単位で起きている巨大地震。自然災害。どんな時も私たちはそれらを乗り越えてきたではないですか。

自分には逆境力なんて持てない。そう思ったのであればそれは大きな勘違いです。

逆境力がないから自分には乗り越えられないなんて言い訳の盾にすることなく、今を精一杯生きれば必ず誰かが救いの手を差し伸べてくれるのが人生なのです。

生きていきたい、その気持ちが少しでもあれば、未来は開けていくのです。

被災地支援を通して「命とは何だろう。生きるとは何だろう」私の心もぽっかりと穴が開いてしまったそんな時期にお腹に宿った第2子となる赤ちゃん。お腹の中でこの世に生まれて強く生き抜くと決意していたのでしょう。

待望の第2子は安産から程遠く、陣痛室で8時間苦しみ、さらに出産直前にさい帯離脱（へその緒が赤ちゃんより先に外に出てしまう）により赤ちゃんに酸素が届かない状況が発生し緊急帝王切開になりました。

「手術室押さえて‼」
「○○先生に緊急手術になったこと連絡して！」
「(搬送用）エレベーター止めてきて‼」

陣痛室に8時間横たわっていたベッドから突如ストレッチャーに移され、まだ意識のある私には何が起こったのか?!　その時は何もわからず、ただならぬ周囲の医療スタッフの様子を見る限り、どうも私は手術室へ行くことになったことが理解できました。やっと陣痛から解放される……。とぼんやりと痛みのその向こう側にあるもうろうとした意識で考えていました。

子宮筋腫によるハイリスク出産は覚悟していたものの、前回の出産は自然分娩の安産だったこともあり、まさかこのような緊急事態、親子で生死をさまよう状況に陥るとは想像もしていませんでした。

4年前には流産を経験。命というのは母親のお腹に宿った瞬間から生きる、死ぬ、その紙一重なのです。当たり前のように生まれてくる命は一つとして存在しないのです。

後に医師から聞いた話なのですが、その病院は市内でも一番大きな病院。外来診療も落ち着いた夕方に近くなる午後時間での急変。手術室には産婦人科部長、助産師、麻酔科、外科各部門の部長たちが短時間で一堂に手術室に集まり、緊急帝王切開から、新生児科の先生方による蘇生により赤ちゃんの一命は取り留められたとのこと。

生きるということ、生きているということは奇跡の連続。自分の意思だけでは成立しないのです。

しかし、その日から育児書通りには進まない壮絶な子育てが始まりました。もし息子が出産時トラブルにならずに障がいを持たない子どもとして生きることになっていれば平凡ながらも何も考えることなく家族４人で今も東京に暮らしていたかもしれません。

赤ちゃんはすぐにＮＩＣＵ（小児集中治療室）に入院。酸素管理、温度管理のされた保育器でしばらくの時間を過ごしました。医師からは、

「酸素が脳に15分程度届いていない状態（脳症）で生まれてきているので、将来は何かしらの障がいが残ることを覚悟してください。歩けない可能性もあります。車いす生活の覚悟もしてください」

見た目は普通の赤ちゃん。生後3カ月から担当医師に紹介していただいたリハビリ専門の大きな病院での理学療法の運動訓練が始まりました。

本来なら6カ月以上先まで予約でいっぱいの初診の診療も、幸運なことにキャンセルが出たとのことで、電話連絡をした3カ月後に初受診。

このような幸運というのも、生きるべき命、進めるべく人生を神様が後押ししてくれているからだと思います。

この通院の目的は早い段階から手足を動かし、訓練を重ねることで脳にも刺激が届き、脳症回復のためのリハビリが始まりました。

病院は自宅から公共交通機関を利用して片道90分。

当時は車を所有していなかったので、どこに行くにも公共交通機関を利用する移動しかできませんでした。晴れた日にはベビーカーを押しながら、雨の日は抱っこ紐に大きな荷物を抱えての通院は、肉体的にも大変でした。

地域の赤ちゃんサークルにも通えず、日々息子と2人での生活。ある時に息子を抱っこしたまま足をすべらせて膝を痛めてしまったのですが、息子を見てくれる人もいないので整形外科の受診をせずにそれがきっかけで足を悪くしました。

どうして、あの時誰かに「助けて」が言えなかったのだろうかと後悔をしています。

子育て中は、自分のことは後回しにしてしまうのが、多くの母親が間違えてやってしまうことだと思います。

当時は第三者の誰かに頼ることができませんでした。

もっと言えば「他人に頼れば、足元を見られる」と母親から安易に他人を信じて頼ってはいけないという考え方を埋め込まれていたので、余計、他者に頼ることができず、だから「可哀そうな私を見て！　助けて！」という負のオーラだけがいつも放出されていました。

自己肯定感も一番低い時代でした。

さらに自分の子どもは自分でお世話しなければいけない。と自分で自分を縛っていました。

子育ては失敗できないという正義感と義務感をまとい、良き母親として見られたかっただけでした。

自閉スペクトラム症。ＡＤＨＤ（注意欠陥・多動性障がい）。息子が2歳過ぎの時についた発達障がいの診断名です。

落ち着きがない。こだわりが強い。目が離せない。育てにくい子どもでした。着替えもお風呂も嫌がる。道路に平気で飛び出す。バスでは自分が座りたい座席にほかのお客さんが座っていたら引きずり降ろす。

「育て方が悪いだけじゃないの？」

と心無い言葉をかけられて悲しい気持ちになったこともたくさんありました。公園に遊びに出かけても、滑り台は順番待ちができない。ブランコもほかの子が漕いでいるそばを平気で近寄る……。

次第に公園で遊ばせていても、順番待ちができずにトラブルが多発するようになり、それなら朝早くに公園に一番乗りをして遊べばいいと考え方を変えました。そして、後からほかの子どもたちが来た時点で違う公園に移動する工夫をしました。

そのうちに子どもだけではなく犬の散歩連れの人さえ嫌がるようになり、日中の公園遊びは諦めて、自宅から少し離れた雑木林でドングリ拾いに遊び場が定着した時期もありました。

公共交通機関に乗れば歩き回り、電車の先頭から車掌さんの部屋まで（10両編成）を駆け抜け、周囲の乗客から白い目で見られ、時には「躾《しつけ》がなっていない！」「降りてください！」と言われてしまうことが増え、移動はすべて自転車の後部座席子供用シートに息子を乗せて片道90分までは自力移動していました。しかも電動自転車は高くて買えなかったので、ギアなし自転車でした。

外食もさわいでしまうのでできず、いつもおにぎりを持って公園で食べて、時にはコンビニエンスストアで買ったアイスクリームを誰もいない公園や、地域の市民球場の出入り自由な観戦席を見つけて食べていました。

いつも人のいない場所を求めて行動する日々でした。

福祉サービスだって充実しているはずなのに、理解してくれる人に出会えない。

地域の保育園の一時保育を利用していたのですが、数カ月利用をしていてのある日、保育士の人からも、

「もう一時保育は利用しないでください」

「ほかのお子さんに迷惑がかかっています」

と言われ、その夜は大号泣しました。


3歳児入園（3年保育）を見据えて通った幼稚園のプレ入園では週に1度のペースで半年通った頃に、

「うちの幼稚園は誰でもどうぞ、とは言えないので……（入園はお断りします）」

と言われ、相談相手どころか居場所もなくなりました。

息子は幼稚園には入園できなかったので行政の運営する子ども発達支援センターに福祉サービスの審査を受けて、受給者証を取得して通所するようになりました。

近所の方から通報をされて児童相談所が自宅まで来てしまうこともありました。

母親失格の烙印を自分で押す日々。自分を大切にする時間もケアする時間もまったく持てずに、なぜ自分が今生きているのか？　私のような人間が天に召されるべきだったのでは？　と自己否定を繰り返し、人生に見切りをつけることばかりを考えていました。

一度、外出先のある場所で息子と命を絶とうと思った時がありました。車内でもずっと落ち着きがなく、周囲の冷たい視線に心身が参っていました。その日に限らずいつものことなのですが、頑張っても頑張っても息子の多動はどうすることもできないのです。

出かけ先のある駅のプラットフォーム。その駅は特急列車通過駅で、次の特急列車に飛び込もうと安易に考えてしまいました。電車から降りてふらふらとプラットフォームの最後部へと歩みを進めました。

その様子が、雰囲気がおかしかったのでしょう。

「大丈夫ですか？　その位置には電車は止まりませんのでお戻りください」

と駅員さんが声をかけてくれました。はっとすぐに我に返ると同時に恥ずかしくなり、その場を慌てて立ち去りました。自死は絶対に選んではいけないのです。

第3章

人生の転換期

ある日ポストに投函されていた1通の速達の手紙。差出人は権利擁護センターからの手紙でした。差出人に心当たりもなく開封をしてみるとその文面には義貴叔父さんが他界したことがわかる手紙が同封されていました。さらに読み進めると公証役場で遺言書を作成していたこと、財産分与として姉の娘である私に遺産を遺贈する旨の遺言書となる公正証書のコピーが入っていました。つまりは法定相続人ではない姪の私に遺産を渡したいという内容。叔父との思い出をなぞることで、私は何もできなかった。ただいつもその優しさに甘えてばかりだったと、多くの後悔の気持ちが溢れてきました。

母にこの通知を受け取ったことを伝え、久しぶりに会うことにしました。

母は随分と老け込んでいました。父が他界してからは母子家庭で様々な困難も一緒に乗り越えてきた私たち親子。思い通りに進まないと怒りの感情を表に出すことの多い母。自己保身に走ることも多いけれど、愛情で私を守り育ててくれた母と過ごせる時間は幸せな時間でした。駅前のファミリーレストランへ入店し、昔から変わらず外食する時はいつも私と同じメニューを注文する母とその日も同じメニューを向き合いながら一緒に食べました。それが最後の晩餐となるとは全く想像していませんでした。

その頃、私はカフェ経営に挑戦しようとしていた時期でした。資金もない私が目にしたのは「レンタルカフェ」でした。キッチンも調理器具もすべてがそろった状態で1時間単位の貸し出しをしてくれる場所が都内でも数カ所あり、もちろん時間貸しの営業店舗だけではなく、個人のパーティー会場として使うことも可能なレンタルスペースが都内を中心に増えてきている。そんな時期でした。その場所を利用して営業することを決めました。煩雑な営業許可や保健所の届け出も借りる側は特に不要で、営業をする場合は「食品衛生責任者」の資格を持っていることだけが条件でした。

レンタルカフェであれば物件を借りるよりコストも格段と低い。日々考え、必要な情報を集めながら一歩ずつ進めていきました。

「食品衛生責任者」の講習会を申し込もうとするも当時はコロナ禍。講習会は参加人数を大幅に減らして開催していることから、予約をしても早くても受講は3カ月後。それでも私は3カ月後の都内会場での講習会申込みをしました。

その間に都内のレンタルカフェ利用に向けて事務手続きを同時に進め始めました。初回の利用日、つまり人生初のカフェ営業日は2021年1月20日に決まり、食品衛生管理者講習会の受講日もギリギリ直前の1月14日に決まりました。

無事に受講が終わり母と同じ食品衛生責任者の資格が取れたことを嬉しく思い、母に伝えたい！　とスマートフォンをカバンから取り出すも、先日に喧嘩別れをしていた私たち。意地も気まずさも出てきてしまい、さらにカフェ経営のことも話していないので、その経緯を話す面倒さも先行してしまい電話することなく帰路につきました。

その日は朝から緊張していました。その年度、小学校のＰＴＡ役員を引き受けていたので、次年度の役員を決めなければいけない立場でした。事前の立候補者呼びかけには誰も手が挙がらず、今日は集まりに参加してくれるメンバーから再度立候補者を募り、立候補者がいなければくじ引きになる。しかし幸運なことに会場参加者から役員に立候補してくれた方がいたことにより会は予定時間より早くに終わりました。

2日後に迫ったカフェ初営業に向けた準備もしなければいけないスケジュール。すぐに帰宅してカフェ営業に必要な資材を広げ、新たな緊張感と共に作業をしていたところに携帯電話に1本の知らない電話番号からの着信。

今日の役員決めのことでPTA会員の保護者の方からの問い合わせかな？　と軽い気持ちで電話を取ると「○○警察の□□です」と電話口の相手が警察の人であることに驚き、心臓が高鳴り、不吉な予感がほんの数秒で全身を駆け巡りました。話を聞けば、母が自宅で亡くなっていること。事件性のない病死または事故死の可能性であること。まずは当該警察署へ身元確認に来てもらいたいことが伝えられました。

あの数カ月前のファミリーレストランでの食事の日からどこか覚悟をしていました。しかし、気のせいだと思い過ごすようにしていました。そして結果、別れは突然やってきました。なんの前触れもありませんでした。

あの日意地を張らずに電話をかけていたら、もっと違った未来があったはず。

しかし、後悔をしてもあの日はもう戻りません。


翌日、安置されている警察署へと身元確認に出向きました。

今回の発見は偶然が重なり1月18日にマンションの室内の火災報知器の交換の日で、インターフォンを鳴らしても応答がないのに、テレビの音量が外まで漏れ聞こえることに不審に思ったマンション関係者が室内に入り、母が倒れていたことから判明しました。もし、火災報知機の室内の交換がこの日でなければ、発見はもっと遅れていたでしょう。


司法解剖の結果、死亡推定日時は2022年1月15日。孤独死でした。

食品衛生管理者資格の受講をした14日の夕刻に電話をしていれば、母親の異変に気が付けたのかもしれません。

東日本大震災の被災地を訪問した際のある人の言葉を思い出しました。
「朝、喧嘩別れしたまま、それが永遠の別れになってしまったの」
「じゃぁね、あとでね」「また明日ね」の「あとで」も「明日」も来ないかもしれない覚悟を常に意識して生きてみると、日々の行動や発言も変わってくるのではないでしょうか。

さらに、数カ月後に大切な友人を続けて亡くす経験をしました。

彼女とは35歳を過ぎて出会った友人。私がＰＴＡ活動をする中で理不尽な経験と悲しい思いをする出来事があり、泣き寝入りをしていたそんな時期の運命的な出会いでした。

偶然目にした「現代のＰＴＡ課題」についての座談会のイベントに参加したこ

とがきっかけで出会いました。そして彼女自身がＰＴＡの課題に向き合う理由を話してくれました。

「新学期に役員決めするじゃない？　クラスのあるお母さんが病気を患っていてね。でも病気だからって免除はできないってその時のＰＴＡ役員に言われて、しかもくじ引きで役員引いてしまって結局受けたけど、年度の途中で体調悪化してそのまま亡くなったの。おかしいよね⁈　病気なのにＰＴＡやって、役員受けさせられて。だから私はこの課題に向き合う！　そう決めたの」

そう憤り、熱くこの課題に全力で向き合っていた彼女自身もガンを克服した時期でした。

出会ってから数年間、ＰＴＡ課題について共に取り組み、課題解決に向けた発信もしてきました。

一方で子育て中のママ同士としても楽しい充実した時間を共有してきました。しかし、2人目となる息子が小学校に入学をきっかけに会う機会が減り、疎遠になっていきました。

2年半の歳月が流れたある日、小田急線・京王線「下北沢」の改札付近のベンチ前を通ると私を呼ぶ声がします。振り返ると彼女がベンチから手を振り私を呼んでいます。「久しぶり‼」と彼女に駆け寄ると、

「今日ね、いとことランチすることになっていて、その待ち合わせなの」

続けて、

「ガンが再発してね、抗がん剤治療とかしているけど……東京オリンピック見られるかどうかの瀬戸際だって……」

お互いが言葉を失いかけた時、待ち合わせ相手が来てくれました。

※東京オリンピックについては、2020年夏に開催予定ではあったが、新型コロナウイルス感染拡大の影響により2021年夏に開催が変更されました。

2021年春。私は小規模ながらカフェ経営を始めました。看板名も付け、カフェのロゴを作ることにしました。デザイナーさんをインターネットで探しつつもピンとこない。悶々とする日々を過ごしていたある日、1本のSNSメッセージが目に留まりました。

「久しぶりにデザインのお仕事をしました！」その文字に直観が走りました。脳天に雷が落ちたような感覚がありました。

「そうだ！　私のカフェのロゴデザイン、彼女にお願いしよう！」

ひと昔前の私なら2年以上も連絡を取っていない私が、勇気を出して連絡をするなんて、もし折り返しの連絡が来なかったらとてもショックだから連絡を取るのをやめておこう。

そう考えていました。

しかし、私はもう違いました。どんな返事でも、もし返信さえなくてもそれはそれで連絡をした自分の勇気を讃えよう！　そう決めました。

そして、返信メールがすぐに来ました。「連絡ありがとう。嬉しい‼　カフェ開業するのね⁉」メールという文字を通してだけのメッセージにも関わらず、彼女の笑顔と声までが無機質なスマートフォン越しに感じられました。

新型コロナウイルス感染症拡大から広がったリモートというのは振り返れば進化のきっかけにもなったと今更に思えるほど「Zoom」という機能は本当に便利だと思いました。

メールやZoomを利用して確認作業をしながら、デザイン、色を彼女にパソコンで作成してもらいました。約2カ月でロゴは作成完了。作成手数料は銀行振り込みでもいいよという彼女の提案をもらいながらも「久しぶりに顔をちゃんと見て（謝礼を）手渡しをしたい」という私の申し出に5月の連休明けに彼女の自宅へ伺うことになりました。

ひと昔前であれば何時間でもおしゃべりに興じられていた私たちなのに、その日は1時間程度で自宅を後にすることにしました。そして玄関先で別れ際、初めて手を握り合いました。

これが最後かもしれないという一抹の不安がよぎりました。あの手の温もりは今も私の心の中で温もりを残してくれています。

「またね」と言い合い、曲がり角まで何度も振り返りました。涙がどんどん溢れてきました。でもここで涙は流せない。あと1歩進んだら見えなくなるその角で大きく手を振り合いました。

住宅街に位置する活気ある商店街の道に一人出てきたとき涙が溢れました。にぎやかな夕暮れ時。近所の方が買い物に、おしゃべりに興じているその横を駅に向かって歩きました。電車に乗り込みスマートフォンを取り出すと、今日の訪問のお礼のメールが届いていました。まるで学生のようにしばらくメールでの会話を楽しみ、その日の余韻に浸りました。

少しずつカフェは近隣の方たち中心に定着をするようになり、常連のお客様もできました。やはりカフェには店名とオリジナルのロゴデザインがあるだけでもレンタルカフェという施設での営業では強みになってくれました。そんな軌道に乗り始めた頃に彼女から連絡が入りました。

「レンタルカフェの近くに親戚が住んでいて、私はどうしてもお店まで行けないからその親戚の人に行ってもらうことにしたよ」と。

土曜日の通常営業の日。お店に一人の女性が来店しました。顔を見て思い出しました。数年前にあの下北沢で会った、彼女の親戚の方が目の前にいます！

「もしかして、2年くらい前に下北沢駅で会ったことがあるようですが……？」

と勇気を出してたずねると、

「……？　そうですね！　あの時の‼」

と偶然のめぐりあわせにお互いが驚きました。

その親せきの方との来店記念を写真に撮り、早速写真を添付して連絡をしました。

「行ってくれたのね！　良かった！」

それが私たち最後の会話、メールでのやり取りになりました。

その2日後のお昼、ＳＮＳのメッセージに「今、虹の橋を渡りました。最期は穏やかな顔をして逝きました」と来店してくれた親戚の方から連絡が入りました。覚悟はしていましたが、友人の死を初めて受ける悲しみは家族、親戚の死とは違う喪失感でした。

棺に納められている彼女の姿は、自宅へ伺った帰りの曲がり角で見たときより穏やかな笑顔でした。闘病の苦しみからやっと解放されたからなのでしょう。いや、人生を走り切った達成感なのかもしれません。しかし、まだ若すぎます。50歳でした。

あの日に握ったあたたかな手は、その日は冷たくなっていました。

この手で、お店のロゴを描いてくれたと思うと手を離すことが永遠の別れの時であることを受け入れなくてはいけないと思うと、苦しく悔しく悲しい気持ちでいっぱいになりました。

出棺を見送り、喪失感に襲われました。見上げると梅雨時期の貴重な晴れた空が眩しく、私はまだまだ生きていかなければいけない！　自分に言い聞かせて歩みを進めました。

もし私がカフェを小さいながらも開業していなければ。ロゴデザイン作成をお願いしていなければ最期のお別れさえできなかったのかもしれない。数年間の空白期間を経て再会、そして別れを迎えることになりましたが、会った日から別れの瞬間までのストーリーが繋がった瞬間でした。

このストーリーにはその後があります。

彼女はずっと「ＰＴＡの課題について、本を出したい」と願い原稿をまとめ、行動を起こしていました。

彼女の遺志に賛同した友人知人有志が立ち上がり、クラウドファンディングが成立して出版が実現できました。

亡くなる前に自費出版で出すと決めていた彼女。そして彼女の死を知り出版会社も利益なしの実費のみで出版協力をしてくださったほど、彼女は亡くなってからも多くの人の心を動かし続けました。書籍は彼女が亡くなってから2年後の２０２３年に念願の出版が実現しました。

熱くなること。それは周りにもその熱量は自然と伝わり時には誰かの勇気や背中を押してくれます。

熱くなることを馬鹿にする人がいますが、とても残念な考え方だと思います。

熱くなってこそ人間らしく生きていける。それが幸せへの近道でもあると思います。

２０２１年の年明けすぐの母の突然死、そして親友を見送った初夏。次に私に与えられた課題は「墓じまい」でした。

父のお骨は都内の菩提寺に納骨していました。しかし、母と菩提寺との住職との間で感情の行き違いがあり、やがて菩提寺と疎遠関係になりました。

母は生前から「死んだらお墓は任せる」と話していましたし、遺書にも「お墓は任せる」と書いてあり母の納骨については頭を悩まされました。

「任せる」というのはなんて無責任なのだろう、と思います。自分では決められないからあなたに任せる。だから責任はあなたが取るのよ、と言われているようで嫌でしたが、もう母親もこの世にいないと思うとその課題を乗り越えることが最後の親孝行なのだろうと考え方を切り替えました。

亡くなったとはいえ関係性が良くない菩提寺にこのまま母を納骨するのはどうなのだろうか？　そんな折に近年ブームになっている「墓じまい」と「永代供養」というキーワードを目にしました。一人っ子で嫁いでいたので迷わず永代供養してもらえる寺院へお骨を預けようとすぐに考えは固まるも、菩提寺の墓じまいの手続きがスムーズにいくのかどうかと頭を悩ませながらも墓じまいに関する資料を早速請求しました。

墓じまいの資料を数カ所請求していて気が付いたのは、ビジネスとして運営する会社と本当に故人のことを家族同様に考え後悔のないような墓じまいのサポートを考えてくれる会社と２通りあるということ。

ある１社の墓じまいの会社は「もしかしたら父親のお骨が受け取れないかもし

れないのですが」と伝えると「夜中に墓石を壊してでもお父さんのお骨を抜き取りましょう！」と信じられない発言をした会社が！　驚きです。当然その会社とは契約はしませんでした。

一方である会社はこう言ってくれました。

「感情の行き違いがあったのかもしれません。でもお客様が誠心誠意ご住職の方に事情をまず話してみてください。それでもお骨を受け取れないようであれば、弊社としてもご住職様とお話の場を設けさせていただくなどお手伝いはします」

と心強い言葉をかけていただきました。

誠心誠意。言葉で気持ちや考えをまずは伝える。これができない人が多いのが今の社会のように思います。

「言わなくてもわかるでしょう」「空気を読めばわかるはず」とんでもない間違

えた考え方だと私は思っています。気持ちや考えは整理をして伝える努力、伝わる努力をして、相手から返ってくる言葉や態度に対してこちらがまたどのように伝え、行動するかを考える。面倒ですよね。生きるとは面倒の連続なのです。

まずは誠心誠意ご住職と向き合う覚悟を持ち、お寺へ向かいました。

母が他界したことに伴い、父と母を永代供養したいので離檀したいこと、父のお骨を抜き取りたいこと、墓石を更地にしてお寺へお返ししたいことを誠心誠意伝えました。

するとご住職は快諾してくださり、父のお骨を抜き出し閉眼供養を丁寧に施していただき、トラブルなく終えることができました。

取り越し苦労もいいところです。勝手に自分で相手がきっとこんな風に言うであろうという妄想をもとにストーリーを作り上げ、自分を苦しめてしまいました。

どんな状況でもまずは誠実に、誠心誠意向き合うこと。人間は話すことができる唯一の動物であるにも関わらず言葉が足りずに相手に誤解を与えてしまうことでその関係性が悪くなることも多くあります。

一方で言葉が諸刃の剣として相手を深く傷つけてしまうことも多々あります。だからこそ、言葉を大切に扱いながら、言葉を、自分の考えを、自分の気持ちを相手に丁寧に届ける努力というのは必要なのだとこの墓じまいの時に学びました。

生きていくことは、一人では決してできません。

生まれるときも死ぬときも、あの世へ旅立つ時も誰かのお世話に必ずなります。

その事実をしっかりと受け止めつつ、自分が誰かの役に立てるときは手を差し伸べる。

その繰り返しで人生というのは彩豊かな生活が織りなされ思い出としてあの世

に持ち帰れるのではないでしょうか？

あの世に持ち帰れるのは思い出だけ。魂があの世へ帰る時に持っていけるものはお金でも高級車でもマイホームでもなく、アルバム写真でもなく、心に残る思い出だけです。墓じまいを経験することで、自分もいつか旅立つ時を自分のこととしてとらえるきっかけを両親からもらえた、感謝の気持ちでいます。

こうしてひとつずつ、目の前のやるべきことをこなし、最後は家の処分「家じまい」の課題にぶつかりました。

母が最後に暮らしていたマンションは、父親がかつて所有していた別宅を父が亡くなり売却した手取り金で購入したリゾートマンションでした。

海と山が見渡せる温泉付きリゾートマンション。バブル崩壊直前の昭和の最後の時期から平成の初めごろは全国のリゾート地に別荘としてリゾートマンションを販売する不動産屋が多くありました。

母もその流行に乗るかのように、手にした父の遺産を元金にリゾートマンション購入に向けて何件か内覧に出かけていました。そしてかつて父親とも出かけていた思い出の地で販売されたリゾートマンションを購入。郵政民営化に伴い郵便局での営業が終了になり廃業させるとあの恵比寿の自宅を離れてこのリゾートマンションで一人暮らしを始めました。

そして、セカンドハウスとしてかつては利用していたマイホームで最期を迎えたのです。

母が亡くなり家財整理をしていく中で室内の状況から推測しても数カ月前から体調がよくなかったのでしょう。電話1本かけて「調子が悪いから助けてほしい」と言えばいいのに。最期まで頑固な母だったと娘として悲しく思いました。室内は荒れ果てた状態でした。ゴミ屋敷でした。昭和時代を過ごした人の特性でしょうか、モノを捨てられないことがその要因ともなっていました。「いつか使うだろう」は「いつまでたっても来ない」のです。

モノが多いことは思考の整理の妨げになるだけです。必要なモノ、不必要なモノを見分けることが得意なので、遺品整理は私一人でスムーズにできたのですが、家具などは知人にご厚意で引き取っていただき、ゴミの処理は管理人さんに手伝っていただきました。

事故物件でしたがリフォームをして、知人の方のご紹介で無事に売却することができて家じまいは無事に終わりました。

被災地支援に伺っていた時期に、現地の方から「わざわざ東京から申し訳ない。ありがとう」と言われたので「困っている時はお互い様ですよ。東京で何かあったら助けに来てください」と談笑したのですが、いつでもどんな時でも「お互い様」の精神で生きていくことが助け合い精神につながるのだと今回は助けてもらう立場になり、より一層理解できました。

母は「他人から親切にしてもらうということは恩を売ることになるから、人に頼らずに生きていきなさい」という考え方を持ち、他者の優しさを受け取ることがとても苦手な生き方をしていました。他者信頼がとても苦手でした。その考えに学生時代から私は疑問を感じていました。それは学生時代のボランティア活動の経験が「人に頼ってもよい。見ず知らずの人に頼ることも時には必要である」ことを、身をもって経験したからだと思います。

助け合いの精神というのは家族間だけではなく、人類すべてに対してそのような気持ちで接して生きていけば、トラブルも人間関係の悪化も、戦争さえもなくなるのではないかとも考えています。

たった半年の間で繰り返された永遠の別れと人生を左右する決断の連続に疲れ果て、東京で暮らしている意味さえも見失いました。

日々様変わりする東京の暮らしには馴染めなくなり、あの昭和の、人が込み合っていない時代の、のどかな暮らしが好きだった私は、人口が少ない田舎暮らしに憧れを抱くようになっていました。

ある日ふと目にした1枚の中吊り広告。

復興に向き合ってきた「証」と「知の交流拠点」として福島県浪江町に２０２０年9月にオープンしたその施設の広告に留まりました。

「東日本大震災・原子力災害伝承館」その広告がその後の私の運命を変えました。

浪江町はもう人の出入りも普通にできるようになったのね。と、その1枚の広告から頭の中は、かつて訪れた東日本大震災から5年後に出向いた『福島県スタディーツアー』で訪れた浜通りの地域を思い出しました。この数カ月間ずっと気になっていた「移住」についてパソコンで検索をはじめました。「福島・移住」と検索。ヒットしたのが『ふくしま12市町村移住支援センター』でした。

「息子と人が少ない場所でゆっくりと、ゆったりと暮らしていきたい」そう考えるようになりました。

色々と考え、高校生の娘と夫はそのまま東京に暮らし、私と息子の二人が福島県の浜通り地域に移住することにしました。別居婚の選択でした。

今現在暮らしている場所は東日本大震災後の『福島スタディーツアー』で2年連続訪れた時からその土地の方々との交流や雰囲気が忘れられずに「いつかこんな場所に暮らしたい」と思い描いていた場所で、まさにご縁あってその場所に暮らすことになりました。

レンタルカフェ営業も移住を決断したと同時に閉店。両親の樹木葬への永代供養も終え、東京でやらなければならないことはすべてが終わりを迎えました。

２０２１年11月末に母子で福島県浜通り地域へ移住をしました。

そして移住して2年が過ぎました。誰も知り合いのいなかった私にも息子にも今はたくさんの知人、友人ができました。

困った時には誰かが助けてくれるそんな人間関係もできてきました。この場所へ来ることで、子育ての課題がすべて解決したわけではありませんが、今は息子の特性を理解して支援をしてくださる方もいます。この場所で暮らせている今、苦労もありますが、後悔は一つもありません。

生きていれば、いつからでも、どこででも人は自分らしく生きていくことができるのです。

第4章

明日の活力をあなたへ

生きているということは苦難の連続です。ここからは、苦難を乗り越える面白さに着目していきましょう。

東日本大震災の発災後に被災地訪問をしてきました。被災された方々とお話をさせていただいて感じたことは、誰も悲壮感を表には出していないということ。家を失い、家族を失い、友人を失い、自分一人だけが残った人でさえも前を向く姿に、未来を見ているその姿に自分自身の器の小ささが恥ずかしくなりました。

「発達障がい児を育てる可哀そうな私に同情してほしい」「この子が暴れてしま

うのは、私の子育てが悪いのではなくて、障がい児だからなの」といつも可哀そうな私を誰かに認めてほしくて、ネガティブな感情を持ちながら日々を過ごしていました。

日々不満と愚痴を言い放ち、生きる真の目的すらわからず、常に他人にどう見られて、どう思われているかを意識するだけの味気ない人生に疲弊していました。

人生は「わらしべ長者」と同じだと思います。

ある貧乏人が観音様に今の貧乏生活を逃れるためにどうしたらよいのか？　を尋ねに行き「初めに手にしたものを手にして旅に出よ」のお告げを受ける。転んだことで偶然手にしたわらを拾うことから旅の道中で出会ったさまざまな人と順に物々交換をしていき、最後はお屋敷を手に入れるというお話。

私の場合は一枚の中吊り広告が人生を変えていきました。何がきっかけになるかは、誰にも想像すらできないのです。一つ言えることは明日の自分は自分の今の選択の連続で繋がっているだけなのですから。

執着を手放すことも大切です。例えば私ならこの『わらしべ長者』の話の中で馬を手にしたら、馬の価値を考えてたぶん手放さなかったと思うのです。しかも交換先の屋敷の留守番なんて、私には不安で溢れてしまうから（笑）。命が狙われそうじゃないですか。

でも、彼は素直に受け取った。そして屋敷の主になれた。素直さがどれほど大事かということ。それも他者からの信頼を得られる大切なポイントだと思います。

人生最期の時を思い浮かべてみてください。

日本人の平均寿命からすれば、私の人生は残り半分くらいなのでしょう。携帯電話の充電残量なら50パーセントくらいと考えると、少し怖くなります。充電できない人生だからこそ、全部使い切って、

「お～人生やり切った‼」

と言って目を閉じていきたい。


私の最期の夢はたくさんの友人や仲間に見送られたいという願い。

母の葬儀に友人が訪れることはありませんでした。

学生時代の友人たちも先に逝ってしまったり音信不通になっていたりで母も晩年は寂しそうでした。


喪主を務めた私が学んだことは「あの世へ旅立つその日の夢」を叶えるために今できることを日々こなす。今を一生懸命に生きる。やりたいことは全部やる。

その過程で出会う人とのご縁も大切にする。人はいつか必ずあの世へ行くのだから。

ここからは人生最期の時「人生をやり切った！」と言えるように今からできるメソッドを私と一緒に取り入れてみてください。私も不完全な人間なので、できていないことも多いです。そんな自分を認めてあげながら、体幹ストレッチを取り入れる感覚で、読み進めてみてください。

まず最初に、お金との付き合い方を見直してみましょう。

多少の貯蓄も大切ですが、貯めすぎは危険だと思います。適度な貯蓄と適度な運用のバランスを日々考えながら動かしてみてください。

運用と言っても、株式投資などのことばかりではなく、学びや芸術鑑賞なども自己成長のための運用資金だと考えています。ここで間違えてほしくないのが散財と学びや経験のために使うお金をしっかりと区別します。

散財は無駄遣い。自己満足のために使うお金です。かつての私が散財ばかりをしていました。

「新しい自分に生まれ変わるために！」という名目は、心の奥深くに沈んでいる自己否定を打ち消すためでした。

「このコスメを買えばあのモデルさんのように輝かしく周りからも一目置かれるかもしれない！」という妄想はまさに販売者の思うツボ。本当の輝かしさは心が豊かであり、かつ適度なお化粧や身だしなみを整えてこそ、モデルさんのように一目置かれる存在になれるのだと今は思います。

心の豊かさ。それは学びや経験から培う英知。この学びや経験に使うお金は自分の後に財産にもなるのです。

旅行も大切な経験や学びとしてその後の人生を変えることもあります。

日常においては、この人みたいになりたい、こんな風になりたいと思える人に一歩でも近づくための活動資金として充ててみてください。

一例として、メイクを勉強していくことで経験やスキルが身に付き得意になり、そのことがきっかけでお仕事になる方もたくさんいます。好きが得意になり、価値が生まれやがて収入につながります。

「夢を叶える方程式」を採用しているのですが、やり方は「逆算」です。まずはなりたい自分、叶えたい目標や夢を明確にする。その夢を叶えるためにはどんな知識が必要ですか？　その知識はどのように、どこで学ぶことで習得できますか？　その学習方法は動画サイト、オンラインセミナー、通信教育どのようなツールで学ぶことができますか？　そのゴールにたどり着くために必要な知識、情報、モノをピックアップして、達成する方法を書き出します。そして実践するのみです。

違うと思ったら方向転換すればいい。やり始めて、つまずいてしまうこと、行き詰まることもたくさん出てきます。そこで諦めてしまうならそれは本当にやりたかったことではなかったとして、方向転換してもいいと思います。

一度決めたのに、諦めるなんて！　という義務感は捨てましょう。旅先で乗る電車や車移動で道を間違える経験はありませんか？　間違いに気が付いたら方向転換をして正しい道へ進むのと同じ考えで大丈夫です。

チャンスは絶対に逃さない、この意識ひとつが成長と成功へと導きます。

この人を紹介したいけれど会ってみない？　とビジネスでもプライベートでも声がかかることありませんか？　まだ自分の器では引き受けられないような依頼を受けること、ありませんか？

予想もしていなかったプレゼントを受け取る経験、ありませんか？　全部、チャンスだと思いましょう。

日本人特有の謙遜は、時には自己否定につながると感じています。

謙虚な心はどんな時も持っているほうがいいと思います。しかし、誉め言葉を否定するのは相手を否定していることにつながりかねないことをぜひ知ってください。

例えば手作りお菓子をいただき、とても美味しく「すごく美味しかった！　うちのカフェで販売しない？」と声をかけたところ「私の作るお菓子には価値ないから販売なんてできないよ」と言われてしまいました。それは価値のないものを私にくれたということにもとれるし、せっかく「売れるよ！」と誉めているのに販売における収入チャンスを逃してしまっていることになります。

時代に合わせた生き方を取り入れてみる、この意識がこれからの時代に必要です。

その一例として、ＳＮＳは上手に活用するように意識してみてください。

私は現代のデジタル社会にはついていけないことも多くありますが、時には知り合いの大学生に「Instagram のこの機能はどうやって使うの？」と声をかけてマンツーマンで教えてもらうこともあります。最初は勇気が必要でしたが、世代を超えたコミュニケーションが取れることに最近では喜びを感じています。

カフェ経営をしていた時の話なのですが、私一人で製造から営業、販売までこなしていました。看板を掲げればお客様が来ると思ったら大間違い！　日々、手作りのチラシを近所に配り、ポスティング活動もやる中で、人手の足りなさに気が付きました。

そこで、カフェ用で立ち上げたInstagramで「ボランティア募集」と、本文に載せるようにしました。ボランティアだからお店の近くに暮らす人しか参加できない。しかも、謎多きレンタルカフェの経営。冗談半分の軽い気持ちで告知したところ、なんと応募者が１人いたのです！

お手伝いの約束をしたある営業日、本当に彼女はお店へやってきてくれました。

そして、お店の前でチラシを配ってくれることで、売り上げにもつながり、この挑戦をしてよかったと心から思いました。

仕事がひと段落して今回の応募の経緯について聞いてみると、結婚して20年。働きに出ることを嫌がる家族の意向を汲んで長年、専業主婦としてやってくる中でパン作りが趣味になっていて、いつか自分のお店を持ってパン屋さんをやりたいと考えるようになっていたところ、レンタルカフェで営業しているこのSNSを見るようになって、今回のボランティア募集を見て勉強のために申込みをしました、と。

彼女もSNSで自らが作るパンの写真を日々上げていました。見てみると、とても美味しそうな、専門店のパンのような出来上がり。それでもご家族は「こんなパンでは誰も買わないよ」と否定的な言葉をかけてくると悲しそうに言います。

それでも私の背中を短い期間でしたが見てくれることで、彼女にも勇気が伝わる時が来ました。

地域のイベントでパン屋さんとして一日出店することになり、今度は私が駆けつける番になりました。それは福島県へ引っ越す10日前のこと。駆けつけた時には大盛況ですでにほぼ売り切れ状態。「ほとんど売り切れてしまって。作った数が少なかったから」と謙遜していたけれど、私は売れて当然だと思いつつ、彼女の達成感にあふれた表情を見ることができて幸せでした。

私の勇気が誰かの勇気につながり、私の役割が無事に次の誰かに引き継げた瞬間を見届けることができたと思っています。

ただし、周りの人に良く思われたい気持ちからＳＮＳの「いいね！」が欲しくて、自分の生活が充実しているかのような投稿を意識するばかりに、背伸びをした投稿や、時には悪質な行動を投稿して社会問題に発展するケースも出てきています。

自分に注目を集めたい、その気持ちが強すぎるからなのですが、本当に充実した人生を送りたいのであれば、自分が本気で情熱を持って取り組めることに着眼をして行動をすればいいだけなのです。

変化を恐れないこの気持ちを忘れないで下さい。

コンフォートゾーンを抜け出すとき、人は不安を感じます。

旅行をするとき、自宅を数日間留守にするだけでも「戸締りしたかな？　ガスは閉めたかな？」といつも以上に緊張感が湧いてきます。これがビジネスともな

れば不安が先行するのは当然です。このコンフォートゾーンを抜け出すときに大切なポイントは、

・人のせいにしない。
・「無理」と思わない。
・転ばぬ先の杖を用意しすぎない。

失敗に気が付いたら方向転換すればいい。その気持ちで軽く前に進んでみましょう。

非日常も日常になる。出発前は不安でいっぱいだった旅行も、数日旅先にいると「帰りたくないなぁ」とすっかり異郷の地を楽しめていることがほとんどですよね。

新しい挑戦も、やがて日常になります。今だけひと頑張りすればいいのです。

これらを実践するうえで土台となるのが自己肯定感。

ありのままの自分を受け止め受け入れることと言われていますが、言うほど簡単に私はできない自己肯定感のとても低い中で人生の大半を歩んできました。

大人になって、さまざまな行動を起こすことができたのは精神的に苦しんだこの経験が、どん底を経験してきたから、落ち込みやすい性格だから、方向転換ができたのだと思います。

特に子育ての中で感じる周囲からの冷たい言葉にはいつも悲しい気持ちになり、母親としても失格の烙印を自分で押印してきていたのです。しかし、その事実に気が付けた時からコツコツと自分をまずは大切にすることに意識を向け始めたことが、カフェ経営に挑戦できたこと、移住に成功できたことだと思っています。

私が自己肯定感を上げるために実践してきたこと、それは、言葉の変換トレーニングです。

ピンチ！　↓　何とかなる。大丈夫。

疲れた　↓　よく頑張った！

運が悪い　↓　縁がなかった。失敗に気が付けてよかった。

健康状態がまずは良くなければ精神状態も当然下がるので、まずは自身の健康管理をきちんとすることが大前提。

行き詰ってしまったら、

・部屋の片づけをする。

・いらないものを捨てる。

・玄関まわりを掃除する。

・水回り（トイレ、お風呂場、洗面所、台所）を磨く。特にお風呂場のカビは退治する。
・ネガティブな情報は受け取らない。
・ニュース番組はネガティブな情報（事件・事故）が多いので見すぎない。
・天気予報はインターネットで簡単に知る程度でいい。
・仕事以外の趣味の仲間を作る。

その理由として友だちや仕事仲間とは愚痴中心の会話になり、ネガティブな感情になりやすくなるからです。

趣味仲間であれば、世代や立場を超えた人たちとの付き合いから視野も広がり、次のステップアップチャンスにつながる可能性も出てきます。スポーツチームだけでなく、読書会、フラワーアレンジメント教室、語学教室、料理教室。今の時代だからこそインターネットを介して、海外に暮らす方とも簡単につながることもできますし、オンラインセミナーも無料で参加できるものもあるほどです。

多種多様な考え方、生き方のできる時代になりました。

私も別居婚を選び、息子と２人暮らしをしてみて気が付いたことがあります。幼いころから、４人家族に憧れ、それを形にしましたが、結果的に別居婚を選択しました。

人は「結婚」や「離婚」という一つのくくりに意識が向きやすいものです。「単身赴任」「週末婚」「同性婚」と特定のパートナーとの暮らし方も、近年では多様化していると思います。

「夫婦別姓」「同性婚」など夫婦の形のあり方も、時代の移り変わりを感じます。

女性も社会で活躍する時代になり、子育ての視点では男性の育児休暇取得率も上がってきています。

自分の生き方は自分で決めていい。「常識」は他者のモノサシに過ぎません。

時代の変化を受け入れられない人も多数いることは私も感じています。それでも時代の変化に物も心も進化させていかなければ、暮らしも、心も豊かにはなれないと思っています。

「常識」という多数の意見にばかり意識を向けていると自分の本当の心の声や、幸せになれるチャンスさえ逃してしまいます。歴史に名を残している成功者はいつだって、最初は否定されることもありました。功績をあげれば手のひらを返して人々は賞賛をします。周囲の心無い言葉は、気にしないことが一番です。

人は目に見えない物や事柄に対しては意識が低くなるものです。

逆に意識が向きやすい物や事柄の代表として事例を出せば「お金」だと言える

でしょう。

例えば収入。多くの人は月に一度のお給料を元手に日々の生活を送りますよね。

一方で、目に見えない物の代表として、寿命。これは生まれた瞬間に命を与えられ、命拾いをすることがあっても寿命を延ばす努力はできてもいつかは命が尽きてしまいます。

食材の作り置きでよく使う言葉「時間貯金」や「健康貯金」という言葉は聞きますが、「寿命貯金」という言葉は聞いたことがありません。

今日も朝起きて、すでにこの時間になっている。今日も、昨日も、先週も、いや昨年と同じように繰り返される毎日。新しい一日が始まりまた明日が来る。そんな自然のサイクルも全て当たり前ではないということをもう一度見つめ直してみてください。

これまでの自然災害、感染症拡大を経験してきた私たちだからこそ、穏やかな日常は当たり前ではないことを改めて思い返してみてください。

いつ、大病を患うか誰にもわかりません。
いつ、死を迎えるか誰にもわかりません。

人生は無限ではないからこそ、やりたいことを全部やる人生を送ってみませんか？
後悔ができるだけ少ない人生を送ってみませんか？

今こそ、思考転換期の時です。

では、現状を打ち破り一歩先へ進むためにはどうしたらよいでしょう。

人は「目標」を立てることを好みます。目標とは仕事においての達成ばかりではないと思います。人に対して優しくありたいなど、人間性としての自分には足りない部分をこなしていくことも一つの目標になります。

しかし、マンネリ状態になると自動的に目標が「なかったこと」状態になることも多々あるものです。

目標をいつの間にか忘れてしまったり、取り組んでいたことが少し難しく困難に当たることで「なかったことにしてしまう」こともありませんか？

目標を細分化して今日一日をクリアすることを小目標とすることが初めの一歩になります。

それはどんなに小さなことでもいいのです。
・寝る前に10分間ストレッチをする。
・毎日、ブログを更新する。
・朝起きたら、ベランダに出て深呼吸をする。

どんなことでもいいので小さな目標を立てて実行する。自分との約束を守る。それがやがて自己信頼につながり、自己肯定感向上につながります。

小さい頃、どんな時代も男の子も女の子もそれぞれ戦隊ヒーローや変身をして戦うヒロインのテレビ番組に釘付けになった経験はありませんか？毎週見ていて、ハラハラ、ドキドキしながらもその主人公は戦いを前に怯むことなくその戦いに挑む。そして見事勝利を収め、番組は「また来週もお楽しみに〜」と締めくくられます。

「あれは作り話だから」と冷たい視点で番組を見ていましたか？

「かっこいい！　自分もあんな風に強くなりたい！」そう思いながら見ていませんでしたか？

あの世界はこの世界と同じなのです。この世の一番の敵は弱い心を持つ自分なのです。

その強敵に勝ち続けることが、感動と勇気をもたらすエンディングにつながるのです。

私たちの人生も毎日が１本のドキュメンタリー番組の主人公だと思って生きてみてください。

山あり、谷ありの毎日を一生懸命生きることとは、仕事や子育てを通して、誰かの生きる勇気につながっています。

「わたしはそんな立派な人間ではないから」と尻込みしているあなた。変えたい、変わりたい、その純粋な気持ちを大切にしてください。

一人ひとりの心が変われば社会が変わり、世界も変わります。自分を大切にすることができるようになれば自己愛が高まり、他者から何かを奪おうという心理は激減するはずです。彼氏、彼女からの愛情が欲しいという気持ちからも解放されます。

マンネリも現状も打破して前に進む勇気を持つこと。これこそが世界平和への一歩でもあります。

変えたい、変えたいと思いながら思考も行動も変えようとしない人は何も変わらないし、結局のところ本心では変えたくないのです。心地よい今のままが良いのです。コンフォートゾーンを打ち破る勇気もないのです。

自分がうまくいかないときに、うまくいっている人に嫌味を言ったりする人がいますが、それが自分の人生を苦しめていることに気が付いていません。心が変われば人が変わり環境が変わり未来は変わっていくのです。

では、マイナス思考の癖がある。そんな人が未来を拓くには？　どうしたらよいのでしょうか。

多くの人は「思った通りの人間になれるわけない」そう思うのが通常の考えです。

「お金持ちになりたい」「美人になりたい」「出世したい」さまざまな願望が頭を

よぎるでしょう。

しかし「思った通りの人間になれるわけがない」と思ったその時点で思った通りになっていることに気が付いてください。

お金持ちになりたければ、どうすればお金持ちになれるのかを勉強すればいいのです。

美人になりたければ、スキンケアを見直し食生活を見直すことから始めればいいのです。

出世したいのであれば、なんのために出世をしたいのかよく自分に問うてみてください。

その願望が、自分の見栄なのか？　収入のためなのか？　それが実現をしたら自分はどんな風に幸せを感じるのか？　自問自答してください。そうすれば進むべき次の一歩が見えてきます。

思いこそが自分自身です。その思いが自分自身の生活を決め、行動を決めています。

生まれが日本であっても、海外で暮らす方も多くいます。また、海外で生まれた方が日本に暮らし、日本語を学び、日本文化を学び生活をしている海外移住者も多くいる時代です。

思ったことがすぐに具現化はしません。魔法はこの世には存在しません。まず「こうしたい」と思わなければ叶いません。そして行動をしなければ叶いません。

私たちの思いの力は、それを実現したいと思えば思うほど強くなるものです。信じれば信じるほどその思いの力は強くなります。そうすることで苦難、困難を押し流していきます。その積み重ねや過程が人々の人生を次々と変えていきます。

冒険を怖がる人も多く見受けられます。挑戦に怖じ気づく人は多いです。失敗が怖いと思うからです。

「移住なんて、知り合いも誰もいない土地に暮らそうなんてよく決断できたよね」と言われますが、失敗したら日本国内の移動はパスポート不要なので東京に戻ろうと思っていました。役場に行って手続きすることなんて慣れていたので、深く考えていませんでした。直観と素直さを持ち合わせ、気軽に挑戦してみる。

多くの人の自分の思いを妨げているもの、それは自分の恐怖心や尻込みする心です。

まだ起こりもせぬことに取り越し苦労をしているだけです。

過去にあった失敗や挫折に対してまた同じ失敗をするのではないか？　という妄想に浸っているだけです。そうしたマイナスの出来事にいつまでも執着してはいけないのです。

心を変えれば環境は変わり、人が変わり、未来は変わっていきます。

まずは変わり続けたいと思うことです。マイナス思考が浮かんだらプラス思考になることを考え出すこと。それを繰り返すことで人は変われるのです。

現代の物質社会であっても自分の可能性、心を信じることが一番豊かになれる近道です。

１億円分の宝石を持っていても価値がわからなければただの石なのと同じです。あなたには価値があるのです。ただ素直にそれを信じてください。

自分を信じる心。
未来を信じる心。
積極的で建設的な心の持ち方を意識する。

世の中は否定的な意見にあふれています。もちろんそれが役に立つことも多々あります。

自信過剰で失敗することもあるので時には否定的考えの声も重要になります。警鐘を鳴らしてくれる存在も時には必要です。

5年、10年の長期視点でこの心の意識の持ち方を維持していると未来は変わってくるのです。

暗雲が立ち込めることもあるけれどこれが終わりに近づいてきていると信じて

ください。

実際に新型コロナウイルス感染拡大という世界的パンデミックも始まりがあり、一時的かもしれませんが落ち着いた状況（２０２３年年末の時点）を迎えることもできているのがその証拠です。

未来を信じる心がまずは大事です。

そして現在、この今をどう進めるか？　今日も一歩進む。明日も一歩進む。未来は明るいと信じる。今日できることは今日やる。今を生きる。それが明るい未来につながるのです。

自分がどうなりたいのか？　と日々自問自答する。自分しか未来は切り開いていけないのです。

「落ち着いたらやりたい」

それは昨年もおととしも同じことを言っていませんでしたか?

「コロナが落ち着いたら海外にも行ってみたいなぁ」

時すでにアフターコロナ。渡航規制も解除されています。

「忙しいから」

忙しいという漢字は「心」を「亡くす」と書きますが、すでに心が亡くなっている状態。


立ち止まって過去を振り返ってみてください。もう人生随分と先に進んでいませんか?


「人はようやく生きようと思った時には死が近づいてきているのである」セネカ『人生の短さ』の中の名言です。

一方で時間を持て余している人もいます。

無駄にスマホゲームに時間を充てて、タブレット端末で動画をなんとなく見る日々。
なんとなくゴロゴロしている休日。残念ながら人生の時間の無駄遣いです。

生きていくためにはお金を稼がなければいけない。
仕事をしなければ収入が無くなる。本当はやりたいことがあるけれどお金にはならない。好きなことで仕事ができる人は運のいい人。大多数の人はそう思っています。つまり嫌なことを仕事にしてしまう。しかし、楽しくもないことを嫌々仕事にしても相手には喜ばれませんよね？

成功しない人は、やりたくないことをやっている（苦手な仕事・作業）↓得意にならない、楽しくない↓相手（お客様）にも喜ばれない↓お金にならない。だから成功しない。

成功する人は、やりたいことをやる（得意な仕事・作業）→最初からうまくいかないけれど本気で努力する→勉強するから得意になる→相手（お客様）の役に立てる、喜ばれる→お金になる。

「好きこそものの上手なれ」

この格言は成功の法則そのものです。

この世には手に入らないものがたくさんあります。その出来事に対して不幸だ、不公平だと執着していては幸福にはたどり着けません。生きていれば思い通りにいかないこと、割り切れないことばかりです。その事実を受け入れることから始めてみましょう。

人の悩みの多くは執着に由来するもの。あれも欲しい、これも欲しい。だからお金が欲しい。結局は何を手に入れたいのか？　本当に必要なモノなのか？　苦しむのは欲からくるのです。だからこそこれからは選び方よりも捨て方。手のひらに持てる物が限られている時に、何を捨てるか？　選ばないか？　を考えます。

取捨選択をする。自分で判断して決断できるようになると自然とラクに進めるようになります。

人生は複雑だからこそ、簡単に答えは出ないことの方が多いけれど、自分の生きる軸の中にこの考え方を取り入れると、岐路に立った時に道を間違えずに進めることが多くなります。つまり後悔が少なくなる人生が歩めるようになります。

自分を信じる経験を増やす

自分の選択に責任を持って生きること。小さな一例を出せば今日の夕食のメニューも、今就いている仕事も、結婚も、家族もすべて自分で選択をして決断をしているからこそ、今があるのだと考えると、人生の責任者は自分であることに気が付きます。

そうすると「生まれた家庭は自分で選んでいない！」となるでしょう。しかし、近年耳にすることも多くなりましたが、生まれた家庭は、お空から生まれたいお母さんの姿を見て選んでお腹に宿る。そんな話を聞いたことはありませんか？体内記憶はありませんが、そのような書籍も発刊されていますし、あながち間違ってはいないのではと思っています。

幼いころは厳しい家庭で育ち、かつ両親も不仲な時期があり、心痛める時期が長くありました。「なんでこんな家に生まれてきたのだろう」と嘆いた時期も長年ありましたが、今は、感謝の気持ちで日々お仏壇の両親に向き合っています。

全てを受け入れることで自分の人生に責任が持つことができます。

「引き寄せるではなく、自分から向かう」

この気持ちを持ってみてください。

「時間がない」

何かを始められない、取り組めない時の言い訳となる常套句。待って下さい。時間だけは平等に与えられたモノ（尺）ではないでしょうか？

その言葉を発する一番の理由はやりたくもない仕事を真剣にやっているからに過ぎないのです。

「仕事が残っているのに定時で帰るなんて、できません」

義務感だけで働いていると本当の自分を一層見失います。

忙しいのは人員不足のせいではないですか？　人員不足は誰の責任ですか？　日本人に多く見られる気遣いの延長が裏目に出ていると思います。義務感は捨てる。古巣にも執着しない。

「ルールだから」「親に言われたから」「一度決めたことは最後までやらなくては」「お世話になった方に申し訳ない」と言いつつも他の誰かに評価されたいだけではないですか？一瞬の「ありがとう」を言われたいがための自己肯定感の低さを穴埋めするだけの自己犠牲ではないですか？

頑張っていればその姿を見てくれている人がいるのでは？　という幻想は妄想です。

お給料が出なくても、それを無給でもやりたい！　と思う仕事を手に入れることが一番の幸せへの近道です。誰かに褒められたいから頑張るのを手放してみませんか？

もう自分のために生きてみませんか？

幸せは引き寄せるものではなく、自分で幸せに向かって走り出してこそ手に入れられるのです。

結婚相手があなたを幸せにするのではなく、共に苦楽を乗り越え、幸せを分け合えるパートナーなのです。

子育ては人生最大のボランティアだと聞いたことがあります。次世代で社会にはばたく人材を育てる、その気持ちと向き合いながら日々孤軍奮闘しています。出会いを大切にしながらたくさんの支援者の方々のお力を借りながら充実した生活を送っています。

一方で自分の子どもを育てることだけが子育てでもありません。

他者の子どもと向き合う場面は、誰にも訪れます。親戚の子ども。友人の子ども。もしかして教職の立場として向き合う教え子。子どもと向き合う時は「子どもから何かを学ぶ気持ち」も意識してみてください。

未来を明るく見据えた子どもたちのエネルギーと思考には、学びと勇気と元気をたくさんもらうことができます。

一人目の娘を生んだ時に母親から言われたのは「子育て中心で生きていきなさい」と、母親自身が仕事中心で生きてきたからだったのでしょうか。パート勤務さえ出ることを嫌がりました。

「仕事に出たら、子どもがかわいそう」

私も素直に実行したのですが、ずっと孤立感がありました。パート勤務に出ているママ友達がうらやましかった。眩しく見えていました。
13年ぶりに働きに出た時は本当に幸せで、自分で稼いで受け取るお金の重み、お客様に喜んでいただける仕事に就ける充実感、世代を超えた仕事仲間との切磋琢磨は専業主婦時代には味わえなかった学びと経験が多くありました。

何かを始めるときには、誰に止められても、誰にののしられても、人に褒められなくても、やりたいことをやってみる。これに尽きます。

未来は創り出すものです。創造する。つまりイメージが重要です。

子どもの頃、インターネットで買い物ができる時代が来るなんて想像すらできませんでした。
でも誰かがイメージしたからネットショッピングができる時代が来ました。

車の自動運転も「こんな性能があれば車の事故が減るよね」と誰かがイメージして「できないよ、無理だよ」と言われたかもしれないけれど、それが実現し始めています。

前向きなマインドを持った人たちがいたからこそ、周りから否定されても笑われてもあきらめなかった人がいたから現代の安心や便利を享受できているのです。なりたい自分に導けるのは他の誰でもありません。自分しかいません。

特に息子は自閉スペクトラム症を患い、社会での生きづらさを抱えながら生きています。そんな息子を育てる私自身が本書で書いた内容をいつも念頭に置きながら生活をしています。どんな家庭状況の方であっても、この気持ちを忘れなければ間違いは起きません。

前向きなマインドを維持するためには、ネガティブな情報、特にＳＮＳのような出所が曖昧なツールから得られる情報は鵜呑みにしないこと。必要な情報は出版元が確かな書籍から情報を得るようにしましょう。

周囲の常識にとらわれすぎず、時には自分の気持ちを押し通す勇気も必要です。状況次第では自分の気持ちや考えを率直に伝えてその場から立ち去る勇気と、前を向き続けるための情熱を常に持つ。どんな時にも今を一生懸命生きる自分自身と、お世話になる方への感謝の気持ちは忘れずにいてください。

行動は一歩前に積極的に。視点は一歩下がって広い視野で。

さあ、この本を今閉じた後、どんな行動から始めますか？

〈著者紹介〉

naomi（なおみ）

1977年（昭和52年）東京都目黒区生まれ。目黒区育ち。

2005年に長女、2012年に長男を出産。2児の母親。

出産をきっかけに、心もカラダも心地よい生き方や食生活を模索する中で、アロマセラピー、ハーブの資格を取得。食の安全についても学ぶ。

心やカラダと向き合い、日々自問自答することで、現代社会がもたらす課題に直面。生きづらさを感じ、2021年福島県浜通り地域に母子移住。

その後、ジャパンタイムズに移住者インタビュー記事掲載。国内のインタビュー記事掲載や移住者向けイベントセミナーにスピーカーとして登稿するなど、移住経験を伝える場も広がる。地域活動にも参加し、多世代交流、まちづくりに参加。

趣味はドライブ、旅行、パン屋めぐり、カフェめぐり。

明日《あした》も生《い》きるあなたへ

2024年3月22日　第1刷発行

著　者　　naomi
発行人　　久保田貴幸

発行元　　株式会社 幻冬舎メディアコンサルティング
〒151-0051　東京都渋谷区千駄ヶ谷4-9-7
電話　03-5411-6440（編集）

発売元　　株式会社 幻冬舎
〒151-0051　東京都渋谷区千駄ヶ谷4-9-7
電話　03-5411-6222（営業）

印刷・製本　中央精版印刷株式会社
装　丁　　立石 愛

検印廃止

Printed in Japan
ISBN 978-4-344-69077-6 C0095
幻冬舎メディアコンサルティングＨＰ
https://www.gentosha-mc.com/